Zoé + JUJU

LIVRE ❶

Zoé + JUJU

LIVRE ❶

écrit par Annie Barrows + illustré par Sophie Blackall
traduit par Pierre Varrod

Tourbillon

Pour Clio, bien sûr, mais aussi pour Claire, Keith,
Maddy, Sam, Vincenzo, Melissa, Quinn, Chephren
(et Jennifer Ennifer), Noah, Jonathan, Raejean, Dominic,
Tanisha, Veronica, Christopher, Gabi, Xenia, Paul, et Amber.
A. B.

Pour Olive et Eggy.
S. B

Texte © 2006 Annie Barrows.
Illustrations © 2006 Sophie Blackall.
Tous droits réservés.
Titre original : *Ivy and Bean.*
Première publication en anglais par Chronicle Books LLC, San Francisco, Californie.
© 2014 Éditions Tourbillon pour la langue française.
Loi 49-956 du 16 juillet 1949 sur les publications destinées à la jeunesse.
ISBN : 979-1-02760-008-3
Dépôt légal : juin 2014
3e tirage : 06.15
Éditions Tourbillon 10, rue Rémy Dumoncel – Paris-France.

www.editions-tourbillon.fr

SOMMAIRE

NON MERCI

Au début, Juju n'aimait pas Zoé.

Sa maman lui répétait sans cesse d'aller jouer avec la nouvelle voisine d'en face. Mais Juju ne voulait pas.

– Elle a sept ans, exactement comme toi, lui disait sa mère. Et elle a l'air d'être vraiment gentille. Vous pourriez être amies.

– J'ai déjà des amis, répondait Juju.

Et c'était vrai. Juju avait beaucoup d'amis.

Sa mère avait raison, Zoé avait tellement l'air d'être une charmante petite fille. Même vue de loin, de l'autre côté de la rue, elle semblait si sage. Mais Juju savait bien que « gentille », ça voulait dire « rasoir ».

Zoé s'asseyait sagement sur les marches de l'escalier qui menait chez elle. Juju courait dans le jardin autour de sa maison en hurlant. Zoé retenait ses longs cheveux roux ondulés en arrière avec un serre-tête pailleté. Juju était brune et ses cheveux étaient coupés au carré parce que, si elle les laissait pousser, même d'un centimètre supplémentaire, ils s'emmêlaient. Quand Juju essayait de mettre un serre-tête, il glissait. Zoé portait des robes tous les jours. Juju mettait une robe quand sa mère l'y obligeait. Zoé avait toujours un gros livre à la main. Juju ne lisait jamais de gros livres. Ça l'énervait, de lire. Juju était sûre que Zoé ne marchait jamais dans les flaques d'eau.

Elle était sûre que Zoé n'avait jamais essayé de casser des pierres pour y découvrir de l'or. Elle était convaincue que jamais, de toute sa vie, Zoé n'avait grimpé dans un arbre ni n'en était tombée. Rien que de regarder Zoé cela assommait déjà Juju.

Alors, quand, un jour, sa mère lui a proposé d'aller jouer avec Zoé, Juju a secoué la tête. Et elle a ajouté :

– Non merci.

La mère de Juju a insisté :

– Tu pourrais au moins essayer. Peut-être que tu la trouveras sympa.

– Attention au départ ! Le train à destination de Rasoir va partir ! a hurlé Juju.

Sa mère a froncé les sourcils :

– Ce n'est pas très aimable, Juju.

– J'ai été aimable, j'ai dit « non merci ». Mais je n'ai pas du tout envie. D'accord ?

Sa mère a soupiré :

– D'accord, d'accord. Fais comme tu veux.

Des semaines ont passé sans que Juju ne joue avec Zoé. Mais un jour, quelque chose est arrivé et Juju a changé d'avis...

LE PLAN DE JUJU

Tout a commencé le jour où Juju a voulu jouer un tour à sa grande sœur.

La grande sœur de Juju s'appelle Ninon. Elle a onze ans. Ninon trouve que Juju est une vraie peste. Et Juju estime que Ninon est une vraie casse-pieds. Depuis le jour de ses onze ans, Ninon n'arrête pas de se comporter comme si elle était la mère de Juju. Elle prend une voix d'adulte et lui donne des ordres : « Coiffe-toi les cheveux comme il faut », ou « Ça suffit, avec les chips », ou « Va te brosser les dents », ou encore « On dit "S'il te plaît " ».

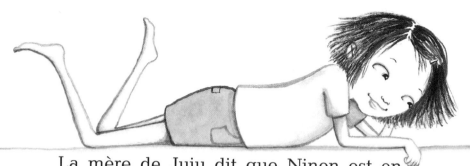

La mère de Juju dit que Ninon est en train de grandir. Mais Juju pense surtout que Ninon est autoritaire. Et Juju sait que personne n'aime les enfants autoritaires, alors elle veut aider Ninon à changer. Voici comment elle décide de s'y prendre : elle va enquiquiner Ninon jusqu'à ce qu'elle s'énerve. Juju se trouve vraiment très serviable.

Juju a eu cette bonne idée à l'occasion d'une après-midi de shopping, avec sa mère et Ninon. En fait, Juju a été traînée par sa mère et par Ninon. Elle déteste le shopping.

Alors que Ninon
adore tellement ça !
Ninon essaie des
jupes. Beaucoup de
jupes. Elle vient d'en-
filer une jupe violette.

Elle se regarde dans la glace. Ensuite
elle se tourne un peu sur le côté. Puis elle
continue à tourner pour essayer de voir son
derrière.

Juju commente :

– Parfait. On s'en va.

– Attends encore un tout petit peu, Juju, lui
dit sa mère.

Puis elle se rapproche de Ninon :

– Je trouve qu'elle te va vraiment bien, ma
chérie.

– Ça fait pas un peu idiot, ces poches,
d'après toi ?

– Non, j'aime assez.

Juju intervient :

– Allez, prends-la, cette jupe, décide-toi, zut !

Jamais dans sa vie, elle ne s'est autant ennuyée. À tel point qu'elle en tombe par terre. Elle en profite pour jeter un coup d'œil dans la cabine à côté. Waouh !

– Debout, Juju ! gronde sa mère. Et tout de suite !

Juju se relève pour reprendre sa place sur la chaise pliante. Elle attend. Ninon se regarde dans le miroir, puis elle annonce :

– C'est pas mal. Mais cette jupe coûte trente euros. Après, il ne me restera plus rien. Avec trente euros, je pourrais m'acheter deux chemisiers.

– Ne fais pas la radine, lance Juju. Elle vient juste d'apprendre ce mot.

Qui veut dire que quelqu'un n'aime pas dépenser son argent.

– On ne traite pas sa sœur de radine, corrige sa maman.

Juju croise dans le miroir les yeux de Ninon, qui la regarde ; en silence, elle articule le mot « ra-di-ne ». Ninon plisse les yeux, et tire la langue ; si vite que leur mère ne voit rien. Puis Ninon s'adresse à leur mère :

– Elle coûte trop cher, cette jupe, Maman. Je crois que je préfère essayer des hauts.

Juju sait que Ninon fait exprès de ralentir. Juste pour l'embêter. Et c'est à ce moment-là que Juju a l'idée. C'est une idée utile, qui aidera Ninon à ne pas se comporter en radine. Et le plus beau, c'est que cette idée fera piquer des crises à Ninon. Juju marmonne :

– Tu vas le regretter.

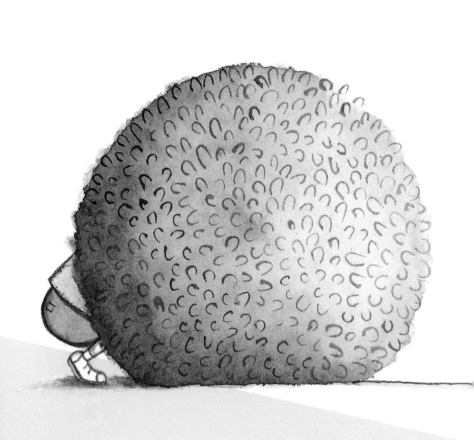

LE FANTÔME
DE L'IMPASSE DU GÂTEAU

Juju s'est cachée dans le gros buisson arrondi qui se dresse dans son jardin, devant la maison, juste au bord du trottoir. À l'intérieur du buisson, c'est plein d'épines et tout collant, mais Juju a besoin de s'y installer pour que son plan marche. Voici ce qui doit se passer : dans le porte-monnaie de Ninon, Juju a pris un billet de vingt euros ; elle l'a fixé à un long fil avec du ruban adhésif, elle a posé le billet sur le trottoir. Et là, elle a saisi l'autre extrémité de la ficelle avant de se cacher dans le buisson. Ninon rentrera bientôt de l'école. Elle verra le billet par terre. Elle se penchera pour le ramasser. Juju tirera vite sur la ficelle pour retirer le billet. Et alors Ninon piquera une crise. Juju a hâte de vivre la scène.

Reste un seul problème. Ninon n'arrive pas. Juju, immobile dans le buisson, attend long-temps. Une branche lui fait mal au bras, les feuilles s'accumulent sur son tee-shirt. Elle commence à s'impatienter. Mais elle attend encore. Et rien ne se passe. Le quartier est calme. Autour d'elle, c'est le désert. De toute sa vie, Juju n'est jamais restée aussi long-temps sans bouger. Puisqu'il n'y a rien d'autre à faire, elle regarde la maison de l'autre côté de la rue. Ce n'est pas tout à fait de l'autre côté, ni vraiment en face : dans le virage. Juju aime sa rue. À cause de son nom : Impasse du Gâteau. Et aussi parce qu'elle se termine en formant un rond-point pile devant chez elle. Son père appelle ça un cul-de-sac. Juju trouve que c'est super. Si Juju pédale très très fort sur son vélo en partant de l'autre bout de la rue, elle peut débouler à toute vitesse sur le rond-point et tourner en se penchant très bas au niveau du

trottoir, comme un pilote de moto de course. Bam ! Juju lève les yeux. Elle voit Zoé sortir de chez elle et se laisser tomber sur la plus haute marche de l'escalier qui mène à sa terrasse. Juju plisse les yeux pour mieux voir.

Zoé a un air bizarre. Elle ne porte pas de robe aujourd'hui. Elle a mis un peignoir de bain noir avec plein de petits morceaux de papier collés dessus.

« Étrange… », pense Juju. Elle plisse un peu plus les yeux. À la place de ses gros livres, elle tient une baguette dorée. Juju fait une grimace. Il faut être débile pour s'habiller comme ça. Zoé ne bouge pas. Elle reste assise là, sans rien faire, comme seule au monde. Ça ne la dérange pas d'être à l'écart des autres. Elle ne joue jamais avec personne.

Juju joue avec tout le monde. Tous les enfants, les grands, les petits, tous ceux qui habitent dans les parages jouent avec Juju. Même Matt le nul — tellement nul qu'il jette les jouets des autres au milieu de la rue —, même lui veut jouer avec Juju.

Elle prend soin des plus petits. Quand ils tombent et que leurs genoux saignent, elle les amène chez elle et leur met des pansements. Les grands la laissent jouer avec eux parce qu'elle a de bonnes idées, par exemple compter combien de jardins, derrière les maisons, ils peuvent traverser en vélo sans mettre le pied à terre. Juju aime aussi les rejoindre

quand ils décident d'organiser de grandes jeux
— comme jouer à cache-cache ou aux pirates.

Parfois, Juju a envie d'être orpheline, pour
vivre au milieu de cent autres enfants. Bien
sûr, elle n'en dit rien à sa mère ou à son père.
Juju regarde Zoé, assise sur la terrasse devant
sa maison. Est-ce qu'elle se sent seule ?

Maintenant, Zoé murmure quelque chose
que Juju n'arrive pas à entendre. Puis elle se
met à agiter sa baguette devant elle.

– Mais qu'est-ce que tu fabriques, à la fin ?
hurle Juju, cachée dans son buisson.

Zoé regarde autour d'elle ; Juju a oublié que
Zoé ne peut pas la voir. Juju continue à crier :

– Qu'est-ce que tu fabriques, avec ta baguette, là ?

Zoé ouvre de grands yeux :

– Qui est là ? Êtes-vous un fantôme ?

Un fantôme ! Voilà une idée géniale ! Juju

prend alors une voix enrouée, effrayante, pour lui répondre en beuglant de nouveau :

– Ouiiii ! Je suis le fantôme de monsieur Tumeur. Avant, je vivais dans ta maison. Et c'est là que je suis mort, aussi.

En vrai, monsieur Tumeur a déménagé, mais Juju pense que c'est plus intéressant de dire qu'il est mort. Elle continue :

– Je suis venu pour hanter ta maison, le soir ! Cette nuit, pendant que tu dormiras, je viendrai serrer ton cou avec mes doigts de glace !

– Juju, pourquoi cries-tu comme ça ?

Oups ! Ninon !

QUAND JUJU
RENCONTRE ZOÉ

Juju jette un coup d'œil discret à travers les feuilles. Ninon n'a pas vu le billet de vingt euros. Elle a le pied posé dessus. Elle se dit : « Hmm, j'ai raté mon affaire avec le billet, mais si je continue à jouer au fantôme, peut-être que je pourrais faire peur à Ninon ». Alors elle se met à brailler d'une voix à donner la chair de poule :

– Toi aussi, je vais venir t'enserrer le cou

avec mes doigts de glace. Et je te cracherai dans l'oreille !

– Non, tu n'es pas un fantôme ! réplique Ninon, qui n'a pas l'air effrayée et s'enfonce dans le buisson pour en faire sortir Juju. Et arrête de piailler.

À ce moment-là, elle aperçoit le billet de vingt euros :

– Hé ! Quand as-tu reçu cet argent ? Tu n'as jamais eu vingt euros.

Soudain elle découvre le fil ; alors elle devine :

– Je vois ce que tu mijotes, mauvaise graine ! Je parie que c'est mon argent, en plus !

Elle prend le billet, l'examine, et s'écrie :

– Tu m'as volé mon argent ! Je vais le dire à Maman !

Et elle traîne Juju vers la porte d'entrée.

« Ouhlala ! pense Juju. Aucune de mes idées ne marche aujourd'hui. » Il faut choisir : rentrer avec Ninon et affronter Maman, ou partir en courant.

Alors Juju se laisse tomber sur le sol et commence à gémir :

– Ma cheville ! O-ouaoh-ouhouh ! Ma cheville a explosé ! Je me suis fait une entorse !

Ninon fronce les sourcils :

– Tu ne t'es pas fait d'entorse, c'est du bluff !

Elle se penche pour vérifier.

C'est exactement ce que Juju espérait. Elle se relève, court, sort du jardin, continue à courir et se retrouve... devant la maison de Zoé.

– Ahaaah ! Ce coup-ci tu as des ennuis, Juliette Bérénice ! gronde Ninon. Je vais le dire à Maman !

Juliette Bérénice, c'est son vrai nom. Les gens ne l'appellent comme ça que pour lui crier dessus.

Juju ne peut pas s'en empêcher ; elle lui tire la langue et sort un : « Ppppppthbt ! ». Puis elle se retourne et remue son derrière en direction de Ninon.

– Ça suffit ! Je vais chercher Maman ! vocifère Ninon.

Elle se rue dans la maison.

Le temps d'une seconde, Juju a été bien contente. Elle adore rendre sa sœur folle de rage.

Mais, maintenant que Ninon a disparu, Juju s'inquiète. Maman déteste quand Juju fait

plus d'une bêtise à la fois. Juju compte : prendre l'argent, mentir à propos de sa cheville, sortir du jardin sans demander la permission et tortiller ses fesses pour se moquer de Ninon. Ça fait quatre. Ça fait même cinq en comptant le fantôme. Juju va avoir de gros ennuis.

Gros comment ?

Privée de dessert, ça c'est sûr. Privée de vidéos pendant une semaine, peut-être. Mais ça pourrait même être plus lourd. Sa maman pourrait l'obliger à rester dans sa chambre pour le restant de la journée. Et Juju déteste ça.

– Cache-toi !

Juju lève les yeux. Elle a complètement oublié Zoé. Zoé

est toujours assise devant la terrasse de sa maison. Elle a assisté à toute la scène. Elle sait que le fantôme de monsieur Tumeur, c'était elle, en vrai, cachée dans le buisson. Que Juju a voulu lui faire peur.
Mais elle n'a pas du tout l'air apeurée. Elle paraît joyeuse, et elle lui répète :
– Cache-toi !
« Hmm », se dit Juju. Peut-être que Zoé-la-rasoir a raison.
Si sa mère ne la trouve pas, elle ne pourra pas l'envoyer dans sa chambre. Si elle se cache jusqu'à ce qu'il fasse nuit, ses parents ne seront plus énervés, mais inquiets.

Sa maman dira peut-être :

– Oh, ma pauvre petite Juju. Ma pauvre petite chérie !

Et ils seront tellement heureux de la revoir, quand elle reviendra à la maison en boitant, qu'ils ne la puniront pas du tout, c'est sûr. Peut-être même qu'elle pourra se resservir

au dessert... Là, c'est moins sûr.

– D'accord, répond-elle à Zoé. Mais où ?

– Suis-moi.

Zoé descend l'escalier et se glisse derrière un bosquet qui s'appuie contre sa maison. Juju la suit et s'accroupit sous les larges feuilles. Mais Zoé s'exclame :

– Non, non, lève-toi. On n'est pas arrivées du tout. Je t'emmène dans un endroit vraiment secret.

– C'est pas ici ?

Juju trouvait que ce bosquet était déjà pas mal.

– Ici c'est juste le chemin pour y aller.

Zoé plaque son dos contre la maison et se faufile le long de la façade. Juju l'imite et le mur lui érafle le dos. Elles tournent au coin du mur et avancent encore un peu. Elle est grande, la maison de Zoé.

– Stop ! annonce Zoé. Maintenant, ferme tes yeux, je vais te guider.

– Pourquoi est-ce que je dois fermer les yeux ?

– Parce que c'est un endroit secret.

– Tu blagues ou quoi ? bougonne Juju.

Impossible de discuter. Zoé ressemble à une petite fille fragile, mais on ne conteste pas ses ordres. Juju ferme les yeux. Elle sent que Zoé lui prend le bras pour la guider. Elles descendent ensemble plusieurs marches d'escalier. Une porte s'ouvre. Elles descendent encore quelques marches. Un léger vent, frais, effleure le visage de Juju. Puis elles remontent d'autres marches d'escalier.

Encore une porte.

Elles sont dehors,

de nouveau. Zoé conduit Juju à travers de hautes herbes.

– Chuut ! lance soudain Zoé. On s'accroupit !

Juju se fige.

Tout est silencieux autour d'elles.

– C'est bon, tu peux te relever.

– Qu'est-ce qui s'est passé ? demande Juju.

– On est espionnées, répond Zoé.

Juju se dit que Zoé invente.

– Maintenant tu peux ouvrir les yeux, conclut Zoé.

LE PLAN DE ZOÉ

Juju ouvre les yeux. Elle reconnaît l'endroit : elles sont dans un recoin du jardin à l'arrière de la maison de Zoé. Un rocher se dresse d'un côté, et, en face, un petit arbre. Au milieu, une flaque d'eau d'un rond parfait.

– C'est ici, ton endroit secret ? demande Juju. Elle s'attendait à quelque chose qui ressemble à un vrai endroit secret, comme une grotte.

– Oui. Ici, ils ne te trouveront jamais, répond Zoé. Tu peux rester aussi longtemps que tu le désires. Je t'apporterai à manger.

– Mais j'ai juste besoin de rester jusqu'à l'heure du dîner, corrige Juju.

Zoé semble déçue :

– Je croyais que tu voulais vraiment t'enfuir.

– Bien sûr. Mais juste jusqu'au dîner.

– Ah !

Juju se sent mal de ne pas avoir à se cacher longtemps. Elle interroge Zoé :

– Tu es sûre que tu n'aurais pas des ennuis si tes parents décou- vraient que je vis ici ?

– Ils ne viennent pas souvent de ce côté-ci, explique Zoé, ma maman a peur des tiques.

Juju se sent prise de cafard :

– De toute façon, tu n'as jamais d'ennuis, toi. Moi, j'en ai tout le temps.

– Mais moi aussi, tu sais, corrige Zoé.

Juju ne la croit pas :

– Non, pas toi. Tu es toujours en train de lire des livres. On n'a jamais d'ennuis quand on lit des livres.

Zoé explique :

– J'aurais des ennuis, de gros ennuis, vraiment, si je faisais ce que j'ai envie de faire. Ce que j'ai prévu de faire.

Juju attend la suite :

– Ah bon ? Qu'est-ce que tu as prévu de faire ?

Zoé lance un coup d'œil tout autour d'elle avant de murmurer :

– Jeter des sorts. Pratiquer la magie. Préparer des potions magiques.

– Pour de vrai ? Tu veux dire, comme une magicienne ?

– Oui. Bon, pas tout de suite. Mais je me prépare. J'apprends à être magicienne.

Les yeux de Zoé brillent d'excitation. Juju regarde le peignoir de bain noir de Zoé. Maintenant, il est un peu sale, et une partie des petits morceaux de papier sont tombés. Juju voit qu'ils sont découpés en forme d'étoile ou de lune. Juju devine que Zoé ne sait pas bien dessiner les étoiles. Certaines ont quatre branches et certaines en ont trois. Les lunes ne sont pas mieux réussies. Elle questionne Zoé :

– C'est une robe de magicienne ?

– Ouais.

– Tu l'as faite toute seule ?

– Oui.

Juju est polie :

– Elle est jolie.

Juju trouve que ça ne ressemble pas à une robe de magicienne. C'est même assez nul. Elle continue à l'interroger :

– Je ne savais pas qu'on pouvait apprendre à être magicienne. Je pensais qu'on était magicienne de naissance, ou qu'on ne l'était pas.

– C'est ce que les gens croient en général, rectifie Zoé. Mais, moi, j'apprends. J'en sais probablement plus que les magiciennes de naissance qui ont mon âge. Je viens juste d'apprendre à rendre quelqu'un invisible.

Juju se dit que ça lui serait bien utile :

– Ouahou ! Tu m'apprendras ?

– Je ne l'ai pas encore fait, admet Zoé. On a besoin d'une grenouille morte, dans la recette.

– Ah ! Ça veut dire qu'il faut tuer une grenouille en vrai ?

– Ouais. C'est pour ça que j'ai creusé ce bassin, explique Zoé en montrant la flaque d'eau avec sa baguette dorée. J'espère qu'une grenouille viendra ici et qu'elle mourra.

Juju fait comme si elle n'avait pas remarqué que le bassin ressemble à une flaque d'eau :

– Super. Et à quoi sert ton petit bâton ?

– C'est ma baguette magique, réplique Zoé.

Mais, là, Juju ne peut plus s'empêcher d'éclater de rire :

– Ce n'est pas une baguette magique, c'est un bâton trempé dans une peinture dorée !

– Mais c'est aussi une baguette magique ! réplique Zoé, qui semble s'énerver, maintenant. Et tu ferais bien de faire attention, sinon, je m'en sers contre toi !

Juju s'arrête :

– Et tu feras quoi ?

– Je te jetterai le sort de la danse de Saint-

Guy : tu ne pourras plus t'arrêter de danser de toute ta vie. Comme ça.

Elle se met à sauter dans tous les sens, à donner des coups de pied en l'air, et à agiter ses bras.

– Tu connais vraiment la formule magique ? demande Juju.

Zoé s'arrête de danser pour lui répondre :

– Peut-être. J'allais justement la tester quand tu as crié que tu étais un fantôme.

– Tu allais la tester sur qui ? insiste Juju.

Zoé rougit, elle reste vague :

– Sur personne.

Juju est sûre que Zoé lui ment :

– Allez, dis-le-moi.

Zoé rougit un peu plus.

– Allez, dis-moi sur qui.

Zoé baisse les yeux et murmure :

– Sur toi.

– Sur moi ? glapit Juju.

– Excuse-moi.

Zoé est malheureuse.

– C'est pas grave, lui glisse Juju.

Elles se taisent.

Puis Zoé se lance :

– Ma mère passe son temps à me dire
« Regarde Juju, elle a l'air d'être si gentille,
tu devrais aller jouer avec elle ». Elle me
le répète tout le temps. Ça me rend dingue !
Juju n'en croit pas ses oreilles.
– C'est exactement ce que ma mère me dit
de toi. Incroyable ! Mais tu n'es pas du tout
une gentille fille. Tu es une sorcière !
Zoé éclate de rire :
– Toi non plus tu n'es pas une gentille fille.
Tu faisais le fantôme, dans ton buisson.
Juju se tortille, ennuyée.
Zoé poursuit :
– L'histoire des doigts
glacés était bien.
Mais qu'est-ce que tu
voulais faire, en vrai ?
Juju s'assied sur le
rocher.

– J'attendais Ninon. C'est ma sœur. C'est une vraie casse-pieds. J'avais accroché un billet de vingt euros à un fil, et j'attendais qu'elle s'approche et qu'elle essaie de prendre le billet pour tirer sur le fil.

Zoé hoche la tête :

– C'est pour ça qu'elle s'énervait contre toi ?

– Non, répond Juju. C'est parce que les vingt euros étaient à elle !

Juju se sent de nouveau prise de cafard.

– Tu vas avoir des ennuis ? demande Zoé.

– Oui, c'est presque sûr. Je ne suis pas censée faire des blagues avec son argent.

Juju réfléchit, puis s'exclame :

– Est-ce que par hasard tu n'aurais pas un sort pour remonter le temps ?

– Non. Il est plus compliqué, celui-là, répond Zoé. Ah, si je pouvais avoir une grenouille morte !

– Ce serait bien, confirme Juju. Mais attends

un peu. Dis-moi, le sort de la danse de Saint-Guy : tu pourrais le jeter sur Ninon ?

– Pour qu'elle soit obligée de danser tout le reste de sa vie ? Mais tu es sûre que ça pourrait t'éviter d'avoir des ennuis ? interroge Zoé.

– Non, mais ça serait drôle !

ENTRÉE INTERDITE

Elles sont toutes les deux d'accord pour jeter un sort à Ninon. Juju examine longuement la robe de Zoé. Il faudrait éliminer ces petits bouts de papier.

– Il faudrait que tu aies un peu plus l'air d'une sorcière, c'est la première chose que nous devons faire, explique Juju.

Zoé regarde sa robe et dit :

– Ah bon ?

Juju essaie de se faire comprendre, sans choquer Zoé :

– Si tu veux que les gens te voient comme une sorcière, il vaut mieux que tu ressembles à une sorcière.

– Mais je m'en moque, de ce que pensent les gens, répond Zoé.

Juju secoue la tête. Quelle fille bizarre ! Elle tente de convaincre Zoé :

– Ce sera plus efficace quand tu lanceras tes sorts. Les vainqueurs sont habillés en vainqueurs.

Sa mère le lui répète tout le temps. En général, ça veut dire que Juju doit mettre un chemisier propre. Juju continue :

– En plus, ça sera marrant. Tu as du maquillage pour le visage ?

Zoé fait oui de la tête :

– J'en ai dans ma chambre. Là-haut, dit-elle en montrant du doigt une fenêtre.

– Ta maman est chez toi ? questionne Juju.

– Je crois que oui, confirme Zoé.

– Est-ce qu'elle dira à ma maman où je suis ?

Les adultes se rendent service les uns les autres. Le père de Juju dit que c'est parce qu'ils font partie du même club, mais Juju est presque certaine qu'il bluffe.

Zoé tapote sa baguette contre sa main. Elle propose :

– Peut-être qu'on devrait monter discrètement, au moins, comme ça, on réduirait le risque.

C'est parfait pour Juju. Elle adore entrer et sortir sans se faire remarquer. Elle adore les séances de maquillage, aussi. Et elle s'apprête à adorer voir le spectacle de Ninon quand elle donnera des coups de pied en l'air et agitera ses bras pour le restant de ses jours.

Elles se rendent dans la cuisine en passant par la porte de derrière. Juju entend la maman de Zoé parler au téléphone,

ENTRÉE
INTERDITE

quelque part dans la maison.

– Ça va être facile, murmure Zoé.

Elle est en train de travailler.

Zoé crie très fort :

– Coucou, Maman ! Est-ce que je peux prendre une banane ?

Juju entend la maman de Zoé dire :

– Excusez-moi un instant.

Puis, en direction de Zoé, elle répond :

– Chérie, je suis au téléphone. Sers-toi toute seule.

Et on entend une porte se refermer.

– D'accord, crie Zoé, qui fait un grand sourire à Juju. T'as vu ?

« Futée », pense Juju.

Zoé se révèle bien plus intéressante que prévu. Elles passent sans bruit devant la porte de la maman de Zoé ; puis elles montent l'escalier. Juju lit « Entrée Interdite » écrit en pâte à paillettes rouge sur la première porte. C'est là que se trouve la chambre de Zoé. Juju entre et s'arrête. Son regard fait le tour de la chambre :

– Ça c'est vraiment cool.

Elle n'a jamais vu une chambre comme celle de Zoé. Cinq larges lignes dessinées sur le sol délimitent cinq zones. Chaque zone représente une pièce différente. Dans la première, un petit divan est posé sur un tapis devant une bibliothèque bourrée de livres. Dans une autre, une table est couverte de crayons, de papier, de pâte à paillettes et de peinture. Dans la troisième trône le lit de Zoé surmonté d'un filet argenté en guise de baldaquin.

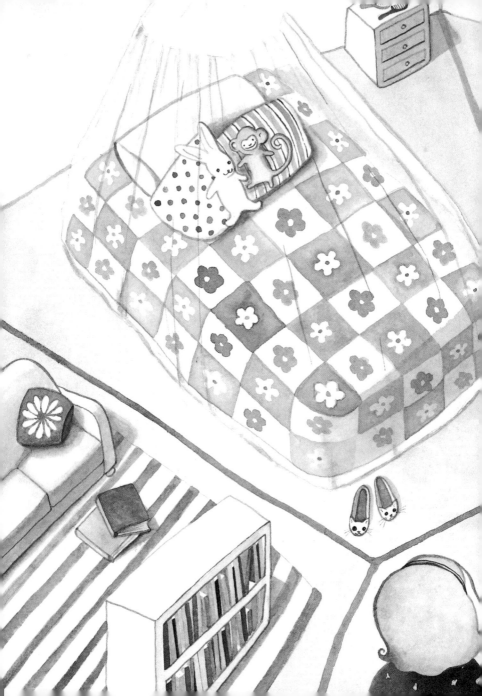

Une commode et un paravent repliable décoré de nuages occupent une quatrième pièce.

La dernière ne contient rien d'autre que des poupées. Juju n'a jamais vu autant de poupées de sa vie. Les habituelles poupées en plastique de toutes sortes. Des poupées bizarres aux yeux presque vivants et habillées de costumes sophistiqués, que les magasins de jouets protègent dans des vitrines en verre. Des poupées en bois, toutes droites ; en porcelaine ; des petites, des encore plus petites, et des minuscules. Il y a même une poupée qui, en vrai, est une pierre habillée de vêtements de poupée. Toutes sont installées autour d'une couverture pour les poupées. Même les bébés-poupées ramollos qui ne tiennent pas tout seuls ont été installés contre des cubes. Au milieu de la couverture, est étendue une poupée Barbie, enroulée dans du papier toilette. Toutes les autres poupées la regardent.

– Super, commente Juju. C'est une momie !

– Oui, répond Zoé. Je vais lui construire une pyramide pour l'enterrer à l'intérieur. Dès que j'arrive à comprendre comment on les fait.

– Je sais faire, dit Juju. Ninon en a fait une avec des morceaux de sucre, l'année dernière. Je n'en crois pas mes yeux que tes parents te laissent dessiner par terre.

– C'est juste de la craie, nuance Zoé. Ça s'enlève. Je déplace les lignes quand je transforme les pièces. Pour l'instant je réfléchis à me débarrasser du dressing pour en faire une cuisine. Juju pointe du doigt la partie qui contient la commode et le paravent pliable :

– Est-ce que ça, c'est le dressing ?

– Oui.

– J'aime bien

le paravent, reprend Juju. Mais une cuisine, ça n'est pas très marrant. Tu ne pourrais pas plutôt en faire un laboratoire scientifique pour préparer tes potions ? Le paravent protègerait tes secrets.

– Un labo, reprend Zoé, qui réfléchit. Un labo de sorcière. C'est une chouette idée.

Juju se penche sur la table jonchée de peinture et de pâte à paillettes, et interroge :

– Comment s'appelle cette pièce ?

– C'est mon studio de création, répond Zoé.

– Génial. Réparons ta baguette, dit Juju.

Dans le studio de création de Zoé, on peut trouver plein de paillettes, de bijoux, de serpentins et de cure-pipes. Elles commencent par enrouler des cure-pipes argentés. Puis Juju déroule des serpentins au bout de la baguette. Que Zoé fixe avec des autocollants. Alors Juju étale de la colle au sommet de la baguette et la plonge un instant dans un pot de pâte à paillettes. La baguette dégouline un peu, mais elle a une allure vraiment plus magique qu'avant.

– Maintenant, s'enthousiasme Juju, on va améliorer ta robe.

– Qu'est-ce qu'elle a, ma robe ?

– Les étoiles et les lunes s'en vont, lui répond Juju. Tu vois ? Elle aura meilleure allure si nous les dessinons directement sur le tissu avec des feutres brillants.

Zoé semble embarrassée :

– Je ne sais pas très bien dessiner les étoiles.

– Je sais faire, la rassure Juju. Je vais te montrer.

Juju explique à Zoé comment dessiner les branches de

l'étoile, puis tracer les lignes qui les relient. Zoé s'entraîne un moment sur une feuille de papier ; ensuite, elles étendent la robe sur la table et commencent à dessiner. Les étoiles de Zoé sont un peu tordues, mais elles ont toutes cinq branches. La robe noire se couvre vite d'étoiles d'argent et de lunes d'or.

Une fois que cette tâche est accomplie, Zoé sort sa peinture pour le visage. Juju n'en croit pas ses yeux. La boîte contient vingt-quatre couleurs.

– Ouahou ! Si on te faisait des bandes ? suggère Juju. Ou des points verts. Il y a trois verts différents.

– Non, les sorcières ne sont vertes que dans les films, réplique Zoé. Les vraies sorcières ont des couleurs normales.

– Mais tu as un choix incroyable de couleurs, il faut s'en servir, insiste Juju.

Zoé réfléchit :

– Si tu veux, mets-moi du noir autour des yeux.

– D'accord. Mais les vraies sorcières sont plutôt pâles, non, vu qu'elles sortent surtout la nuit ? demande Juju.

– Je suppose, confirme Zoé. Plutôt pâles ; mais pas vertes.

– Et si on te mettait que du blanc, avec du noir autour des yeux, propose Juju.

Zoé approuve :

– Ouais, avec deux taches de rouge, pour faire des gouttes de sang, sur mes joues.

– Le sang, c'est super ! renchérit Juju.

Et Juju étale du blanc sur le visage de Zoé, à part les lèvres. Elle dessine deux gouttes rouges qui ressemble à des larmes, mais ça fait quand même assez peur. Puis Juju trace d'épais traits noirs autour des yeux de Zoé. Comme toutes les deux pensent que les chapeaux de sorcière sont ridicules, elles entourent la tête de Zoé d'une écharpe noire (empruntée dans la commode de sa maman).

On dirait une longue chevelure brune.

Zoé se regarde dans le miroir :

– Ouah ! J'ai une allure bizarre.

C'est vrai.

FASTOCHE

Voilà, elles sont prêtes. Zoé rejoint la partie chambre, plonge le bras sous son lit et en retire une boîte en carton. Elle se tourne vers Juju et annonce :

– Là, c'est vraiment secret.

– Je jure que je ne dirai rien à personne, répond Juju.

Zoé ouvre la boîte et sort un objet carré bien enveloppé dans un doux tissu rose.

C'est un livre de sorts. Juju croyait qu'un livre de sorts aurait une allure mystérieuse, avec un signe magique sur la couverture, ou quelque chose de ce genre.

Mais celui-ci est noir. Il est vieux, quand même. Zoé lui dit qu'il a cent ans. Les pages sont jaunies.

– Comment tu l'as eu ? murmure Juju.

– Ma tante me l'a donné, explique Zoé.

– C'est une sorcière ?

– Elle dit que non, mais je n'en suis pas sûre, glisse Zoé.

Dans le livre, Zoé cherche le sort de la danse de Saint-Guy. Elle le prononce juste pour elle, dans un murmure, mais si bas que Juju n'arrive pas à l'entendre. Cela ne la dérange pas : tout le monde sait que les formules magiques sont personnelles. Au bout d'un moment, Zoé se lève :

– C'est bon, je l'ai en tête. Il est assez facile. La seule chose que nous devons trouver, maintenant, ce sont des vers de terre.

Par chance, on trouve beaucoup de vers de terre dans le jardin de Juju. Des tonnes,

même. Elles vont devoir retourner en secret dans le jardin de Juju et creuser pour attraper des vers de terre, sans que Ninon les voie. Mais, par chance aussi, Juju connaît un chemin pour y aller qui traverse les autres jardins des maisons de l'Impasse du Gâteau. Il faut passer par un jardin dégoûtant avec plein de crottes de chien, traverser celui de Mme Trans qui n'aime pas voir des enfants dans son jardin, et faire beaucoup d'escalade. Mais à part ça, c'est fastoche.

Zoé fourre le
gros livre noir dans
son sac à dos. Juju cale
la baguette magique dans
sa poche arrière. Elle dégouline encore un peu, mais tant pis.
Sans faire de bruit, elles descendent
l'escalier sur la pointe des pieds.
La maman de Zoé travaille toujours dans
son bureau, et elles passent devant la porte,
silencieuses comme des petites souris. Puis
elles foncent vers la clôture qui ferme
le jardin, à l'arrière de la maison.
Juju se rend compte que Zoé ne sait pas
escalader la clôture. Elle se contente de
sauter dessus, en espérant atteindre le
sommet. Juju lui montre comment trouver
les petits creux et bosses qui font comme
une échelle. Arrivée en haut, elle murmure :

– C'est la maison de Lola et Louis. Ils ont un super bac à sable.

La bonne nouvelle, c'est qu'un portail est ouvert, à l'autre extrémité du jardin.

La mauvaise nouvelle, c'est qu'il mène au jardin vraiment écœurant, plein de crottes de chien. Juju et Zoé avancent sur la pointe des pieds pour les éviter, mais Zoé marche dedans plusieurs fois. Nestor, le chien à qui appartiennent les crottes, vient les renifler. C'est un gentil chien, et il semble désolé que ce jardin soit aussi dégoûtant.

La clôture suivante est basse et se franchit facilement, sauf que la baguette de Juju tombe de sa poche et qu'elle doit revenir en arrière pour la récupérer. Vient ensuite la maison de Jordan, l'Ado. Une musique très forte sort du garage, avec beaucoup de gros mots au milieu. Il n'y a aucun risque que Jordan l'Ado les entende traverser le jardin.

Celui de madame Trans vient après. Entrer dans son jardin est facile. Juju et Zoé grimpent sur le mur en pierre et se laissent tomber de l'autre côté, sur le gazon. Tout est parfaitement arrangé dans le jardin de madame Trans. Ses tulipes sont bien alignées. Son pommier est attaché pour que les branches poussent à l'horizontale.

– Si madame Trans nous voit, elle va carrément s'énerver, annonce Juju qui connaît bien ce jardin.

Il est tout en longueur, impossible de le contourner.

Zoé est un peu effrayée :

– Est-ce qu'elle nous lancera des cailloux ?

Juju soupire :

– Non, elle se contente de mots, mais ils sont pires que des cailloux. Peut-être qu'elle n'est pas chez elle.

Mais madame Trans est chez elle. Elles sont à mi-parcours dans le sublime jardin quand madame Trans fait son apparition.

Elle se tient sur la petite terrasse arrière de sa maison et les observe.

– Juliette, crie-t-elle d'une voix haut perchée, viens ici !

Juju fait quelques pas vers elle.

– Approche-toi encore, s'il te plaît, Juliette. J'ai l'impression que nous devons avoir encore une petite conversation.

Zoé se tient à côté de Juju.

– Qui es-tu ? interroge madame Trans.

Elle fronce les sourcils en découvrant le pâle visage de sorcière de Zoé.

– Je m'appelle Zoé.

– Bon, Zoé, les enfants ne sont pas autorisés à entrer dans mon jardin. Peut-être pourrais-tu le faire comprendre à ton amie Juju.

Madame Trans pousse un petit rire, court et sec, avant de reprendre :

– Parce que Juju ne paraît pas capable de s'en souvenir toute seule. Qu'en penses-tu, Juju ?

– Je m'en souviens, madame Trans, mais là, on avait une petite urgence. Excusez-moi.

D'habitude, quand vous demandez pardon, les gens vous répondent gentiment.

Pas madame Trans :

– Je ne te crois pas, Juju. Si tu étais vraiment désolée, tu ne continuerais pas à passer dans mon jardin alors que je t'ai demandé de ne pas le faire. Est-ce qu'il faut que j'appelle ta maman de nouveau ?

Elle sourit, l'air mauvais.

Juju entend Zoé qui semble

avoir du mal à respirer. « Qu'est-ce qui lui arrive ? », se demande Juju.

– Je vais vomir, lance Zoé tout fort.

« Beurk ! » pense Juju, qui se tourne pour voir. Juju s'approche, regarde l'œil révulsé de Zoé.

– Je vous avais dit qu'on avait une urgence, madame Trans. La voilà.

Madame Trans semble tracassée.

Zoé fait un énorme rot. madame Trans saute en arrière :

– Partez ! Rentrez chez vous !

– C'est ce que nous faisions, madame Trans, lui répond doucement Juju.

Elle se régale de voir le visage défait de madame Trans.

– Allez, ouste ! hurle la vieille dame.

Zoé a un haut-le-cœur. Madame Trans rentre en courant chez elle et les regarde de sa fenêtre. Elle agite sa main pour les chasser.

– On s'en va, madame Trans ! crie Juju.

Elle lui fait un signe d'au revoir tandis qu'elle et Zoé s'éloignent. Zoé émet encore un rot dégoûtant, juste pour rigoler. Juju essaie de se retenir, mais elle n'y arrive pas. Zoé la suit et éclate de rire avec elle. Heureusement qu'elles sont déjà arrivées dans le jardin suivant.

C'est vraiment fastoche à partir de là. Elles traversent le jardin de Kalia. Kalia est installée sur sa chaise haute devant la fenêtre de la cuisine. Elle agite sa cuiller pour faire signe à Juju. Juju lui fait signe et pose ses doigts sur ses lèvres :

– Chuuut, murmure-t-elle.

Enfin, elles arrivent dans le jardin de Juju.

LE JARDIN DE JUJU

– Tu essaies de surveiller discrètement ?
Regarde si Ninon est là, murmure Juju.
Peut-être qu'elle est dans le jardin, en train
de me chercher.

Zoé fait signe de la tête, pour dire d'accord,
et se redresse. Elle est juste assez grande
pour voir par-dessus la clôture.

– Je ne vois personne, annonce-t-elle.

– Alors c'est qu'ils sont sortis pour essayer de me trouver, répond Juju.

Elle s'imagine déjà les visages inquiets de sa maman et de Ninon, et elle ajoute :

– Je suis partie depuis si longtemps.

– Allez, on va chercher les vers de terre, propose Zoé qui se hisse par-dessus la clôture.

Le jardin de Juju forme un grand rectangle. Un côté est parfaitement entretenu, avec ses fleurs et sa pelouse, et un petit carré est complètement en désordre, avec des herbes folles, un trampoline, une cabane de jardin que Juju a eue quand elle était toute petite. Maintenant, elle a du mal à y entrer. Plein de trucs encombrent l'endroit en pagaille : des cerceaux, des ballons, des flèches, des pelles, des seaux, une échasse cassée (Juju s'était fait très mal, ce jour-là). Pour trouver des vers de terre, il faut aller du côté de la pagaille, juste derrière la cabane de jardin, où la terre est humide.

Juju et Zoé attrapent des pelles, un seau et se mettent au travail. Au début, elles ramassent seulement de la boue, beaucoup de boue. Puis de la boue et quelques vers de terre. Mais plus elles creusent, plus elles trouvent de vers. Six. Dix. Treize vers de terre. Ils gigotent dans la boue, s'enroulent, se déroulent. Juju aime les voir se rétrécir pendant une seconde avant de devenir longs et maigri-

chons l'instant d'après. Toutes deux creusent toujours plus profond jusqu'à obtenir un grand trou boueux. Il mesure plus de cinquante centimètres de large. De l'eau suinte sur les bords. Les vers de terre se tortillent au fond du trou : ils essaient de s'enfuir. Juju se sent un peu triste pour eux. Mais Zoé les attrape et les dépose dans le seau. Juju imagine Ninon donnant des coups de pieds et s'agitant ; alors Juju se met aussi à attraper des vers et les dépose dans le seau.

– Combien il t'en faut ? interroge Juju.

Zoé regarde les vers amassés au fond du seau et répond :

– Juste dix. Mais si on en met plus, elle dansera plus fort.

– Alors, c'est bien comme ça, suggère Juju. Pauvres vers de terre.

– D'accord, répond Zoé en regardant

la maison de Juju. Allons voir si ta sœur est là.

– O.K., mais faisons attention à ne pas nous montrer.

La maison de Juju est parfaite pour avancer sans se faire voir. À l'arrière, elle est prolongée par une terrasse. Il suffit de se mettre à quatre pattes pour s'approcher d'une grande fenêtre qui donne sur la cuisine. Les deux filles courent rejoindre les arbustes, au pied de la terrasse, et se baissent vivement, pour se rendre invisibles. Doucement, elles se faufilent en haut des escaliers qui mènent à la terrasse. Tout doucement, elles rampent sur le sol. Et là, Juju entend quelque chose. Elle se fige. Elle entend de nouveau. Un sanglot. Quelqu'un pleure. Juju tend l'oreille. On dirait que c'est Ninon.

Juju pose sa main sur le bras de Zoé, et lui montre la direction de la fenêtre.

Elles se glissent jusque-là et, comme deux espionnes, elles regardent discrètement à l'intérieur.

Ninon est là, assise à la table de la cuisine, seule. Elle pleure.

Juju se sent toute bizarre. D'habitude, Ninon est si autoritaire, si orgueilleuse, si sûre d'elle-même. C'est étrange de la voir pleurer, elle a l'air abandonnée.

– Peut-être qu'elle pleure parce qu'elle croit que tu t'es perdue, chuchote Zoé. C'est gentil de sa part.

Juju ne répond pas. Elle n'imagine pas pouvoir faire pleurer Ninon. Mais Juju a une boule dans la gorge. Elle se souvient que Ninon la laisse venir se blottir dans son lit quand elle fait d'affreux cauchemars. Elle se rappelle que parfois Ninon la laisse jouer avec ses animaux en verre, pourtant elle lui a cassé son étoile de mer.

Elle se souvient que Ninon, un jour, lui a acheté un album à colorier avec des fées, en prenant son propre argent de poche. Juju regarde les larmes qui coulent le long des joues de Ninon. Pauvre Ninon. Juju renifle. Peut-être qu'elle n'a plus envie de jeter le sort de la danse de Saint-Guy à sa sœur, après tout.

Ninon vient de parler. Juju ne comprend pas bien, mais elle est sûre que Ninon disait que sa petite sœur lui manque.

– Comment ?

C'est la voix de la mère de Juju, qui semble provenir de la pièce d'à côté.

– Tout le monde en a ! crie Ninon. Tout le monde sauf moi. Je suis la seule à devoir attendre !

Les pleurs de Ninon redoublent. Quoi ? Juju
appuie son visage contre la vitre. La voix de
sa mère lui parvient de nouveau :
– On en a déjà parlé dix mille fois. Tu
pourras le faire quand tu auras douze ans.
– Même les copines idiotes de Juju en ont !
hurle Ninon.
Soudain, Juju comprend pourquoi Ninon
pleure. Elle explique à Zoé :
– Elle ne pleure pas du tout parce que je lui

manque ! Elle pleure parce qu'elle veut se faire percer les oreilles !

Juju devient folle de rage. Une vraie colère. Encore plus en colère que quand Ninon a essayé de la ramener de force dans la maison. Juju est tellement énervée qu'elle oublie de se cacher. Elle se relève et frappe à la vitre avec son poing :

– Tu es une grosse dinde ! hurle-t-elle.

Ninon lève les yeux et saute de sa chaise :

– Maman ! Juju est rentrée ! Viens ici, espèce de courant d'air !

À la vitesse de l'éclair, elle surgit à la porte. En moins de deux secondes, elle attrape Juju par le bras et tente de la traîner jusqu'à la porte.

– STOP ! hurle Zoé, qui s'est dressée face à Ninon et lui agite sa baguette magique sous le nez. Je t'ordonne de libérer Juju !

LANCER UN SORT

Ninon s'arrête de tirer Juju par le bras pour l'obliger à entrer dans la maison.

– Qui es-tu ? demande-t-elle.

Zoé sourit, ses yeux deviennent de petites fentes. Avec son visage peint en blanc et ses larmes de sang rouges, elle a vraiment l'air d'une sorcière.

– Aucune importance. Libère mon amie, siffle-t-elle.

« Ouah, pense Juju. Elle ne se dégonfle pas. »
Ninon lâche le bras de Juju et lève un de ses
deux sourcils ; elle vient d'apprendre à faire
ça, et à présent elle le fait tout le temps.
Elle observe la baguette magique de Zoé :
– Et cet engin, c'est quoi exactement ?
demande-t-elle sur un ton hargneux, avec
une voix qui imite les adultes.
Zoé lui agite la baguette sous le nez et
répond, d'une voix caverneuse :

– C'est ton destin.

– C'est une baguette
magique, ajoute Juju, qui
regarde tantôt Zoé, tantôt
Ninon.

Elle commence à s'inquié-
ter. Peut-être que Zoé y va
un peu fort. Avec les
grandes sœurs, il vaut
mieux pouvoir dire que

tu ne pensais pas vraiment ce que tu disais, que c'était de la blague. Zoé ne semble pas le savoir.

Ninon s'étrangle de rire :

– C'est un bâton.

Elle examine la robe de Zoé et glousse :

– Joli peignoir de bain, aussi. Mais toutes les deux, là, vous n'êtes rien que de vraies cruches débiles.

Ouhlala ! Juju se tourne vers Zoé, qui rougit sous son maquil-lage ; elle a les yeux humides, on dirait que les larmes sont proches.

Tout à coup, Juju est furieuse. Jusqu'ici, elle s'amusait comme une folle. Mais Ninon se moque de Zoé,

maintenant : et ça, ça la met en colère.
Alors Juju plonge la main dans leur seau.
Elle prend une pleine poignée de vers de
terre. Pendant un instant ils grouillent dans
sa main. Et puis elle les lance au visage de
Ninon.

Plusieurs vers atterrissent sur le chemisier
de Ninon. D'autres sont collés dans ses
cheveux. Mais l'un d'entre eux s'est posé
sur un sourcil et gigote dessus : il cherche
de la terre.

Ninon est si surprise qu'elle ne bouge plus.
Elle reste immobile et silencieuse, la
bouche ouverte.

Calmement, Juju plonge sa main une
deuxième fois dans le seau et attrape
une nouvelle poignée de vers de terre. Elle
vise mieux, cette fois-ci. Elle en envoie un
dans la bouche de Ninon.

Pffff ! Ninon recrache le ver de terre, qui

vole dans les airs. Après un instant de silence, elle ouvre la bouche pour pousser un hurlement strident.

Juju et Zoé se regardent et sourient. Leurs yeux disent : « Qu'importe ce qui va nous arriver, ça valait le coup ». Puis elles se mettent à courir.

Ninon hurle toujours et se rue à leur poursuite. Juju fait des zigzags dans l'herbe

parce qu'elle sait qu'il est plus difficile d'attraper quelqu'un qui zigzague.

Juste derrière elle, Zoé zigzague elle aussi.

– Des vers ! Des vers ! hurle encore Ninon. Ahhh !

On dirait qu'elle a perdu la raison.

Juju entend sa mère qui les appelle :

– Qu'est-ce qui se passe ? Les filles ! Venez !

Juju et Zoé courent en rond autour du trampoline, Ninon les a presque rattrapées. Elles sautent par-dessus les cerceaux et l'échasse et foncent en direction des arbres. Ninon les suit, elle crie toujours. Elle est tout près d'elles. Elle est tellement proche qu'elle pourrait presque saisir les pans de la robe de Zoé ; elle s'apprête à le faire.

Zoé pousse un cri perçant :

– Au secours !

Juju tire d'un coup sec sur la robe de Zoé et l'arrache juste à temps.

Juju et Zoé plongent sur leur gauche en direction de la cabane de jardin. Peut-être qu'elles pourraient se glisser à l'intérieur avant que Ninon les attrape.

– Viens ! hurle Juju.

Ensemble, elles sautent par-dessus le trou des vers de terre, se glissent dans la petite maison, et claquent la porte :

– Ouf ! soupirent-elles toutes les deux.

Mais, attention, ce n'est pas fini.

Ninon les poursuit toujours, elle court en direction de la maisonnette.

Et en direction du trou à vers.

Le grand trou plein de boue.

Juju et Zoé savent où il est. Mais Ninon l'ignore. Et elle ne le voit pas.

Elle dirige son attaque droit vers la maison-nette, et houpla ! son pied vient prendre appui sur le bord du trou boueux. Juju et Zoé regardent par la fenêtre de leur petite cabane, et elles voient Ninon déraper

AAAAAAH

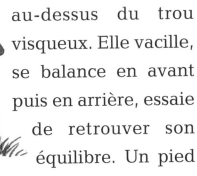

au-dessus du trou visqueux. Elle vacille, se balance en avant puis en arrière, essaie de retrouver son équilibre. Un pied part en l'air. Elle agite les bras désespérément pour éviter de tomber. L'autre pied s'élève. Ses deux mains font de grands signes incompréhensibles. Elle donne des coups de pied en l'air.

C'est parfait.

– Elle danse ! crie Juju.

– Le sort a marché, hurle Zoé.

Et juste à cet instant, comme un pantin désarticulé, Ninon bascule jusqu'au fond du trou visqueux, dans un bruit assourdi par la boue.

PRIVÉE DE DESSERT

– Privée de dessert, dit Juju. Pas de vidéos pendant une semaine. Mais au moins je ne suis pas obligée de rester dans ma chambre.

Zoé s'est assise à côté de Juju, devant la maison. Il fait presque nuit. Elles observent les insectes qui tournent autour des lampadaires de la rue.

– Je n'ai pas l'impression qu'ils soient vraiment fâchés, répond Zoé.

– Tu crois ? interroge Juju.

Ils lui ont paru plutôt énervés.

– Ils devaient se montrer suffisamment fâchés contre toi pour ne pas paraître injustes à l'égard de ta sœur, explique Zoé. Mais ta maman avait un petit sourire aux lèvres quand elle a aidé Ninon à sortir du trou. Elle trouvait ça comique.

Juju sourit aussi, elle se souvient :

– C'était comique.

– C'était génial, ajoute Zoé.

– Ninon m'a dit qu'elle ne nous parlera plus jamais de la vie. Et elle m'a repris l'album de coloriage qu'elle m'avait offert, annonce Juju.

– Ah bon ? Elle ne m'avait jamais parlé jusqu'à aujourd'hui : ça ne fera pas un grand changement pour moi.

– Et moi, je préfère. Mais je parie qu'elle ne réussira même pas à s'y tenir.

Juju étouffe un bâillement. La journée a été riche en événements. Elle se tourne vers Zoé :

– Tu crois que c'est le sort qui l'a fait danser au-dessus du trou ?

– Bien sûr, réplique Zoé, d'une voix très assurée.

Mais, après un moment, elle complète :

– Je n'ai pas eu le temps de prononcer la formule, en fait. J'y ai juste pensé, dans ma tête, à la dernière seconde.

Juju tourne son regard vers le jardin, plongé dans l'ombre :

– Peut-être est-ce pour cette raison qu'elle n'a pas dansé très longtemps ? Parce que tu as juste pensé dans ta tête au lieu de prononcer la formule à voix haute.

– La prochaine fois, je la prononcerai.

– Tu veux encore t'en servir ? Sur qui ? demande Juju.

– Je pensais à cette madame Trans, annonce Zoé.

Juju imagine la scène où madame Trans donnerait des coups de pied en l'air au bord d'un trou plein de boue. Ce serait un beau spectacle.

– Tu veux bien m'apprendre à roter, comme tout à l'heure ?

– Bien sûr, répond Zoé. Peut-être que j'essaierai quelque chose de différent, pour Madame Trans. Par exemple un orage de sauterelles.

– C'est difficile à faire ? interroge Juju.

– Non, mais il nous faudra beaucoup

de sauterelles, au départ, explique Zoé.

– J'ai l'impression qu'il y a des insectes dans tous les sorts, conclut Juju.

– Non, pas dans tous, réplique Zoé. Pas dans les potions magiques.

Potions. Ça doit être super.

– Et si on fabriquait des potions magiques ? propose Juju.

– D'accord, dit Zoé. Demain, on en fera.

– Oui, faisons les choses dans l'ordre, suggère Juju. Demain, on installe un labo dans ta chambre. Après, on peut faire des potions magiques.

Elle imagine déjà un labo avec des étagères chargées de petits flacons. Avec Zoé, elles porteraient des lunettes de protection.

Zoé se redresse :

– Ouais, ça va être bien ! On se débarrasse du dressing et on récupère quelques étagères. Des étagères et des petits flacons. Et peut-être aussi un comptoir.

– Juju ?

La maman de Juju sort de la maison. Elle s'approche :

– Vous êtes là ? C'est l'heure du bain, bientôt. Zoé, tu veux que je te raccompagne chez toi ?

– D'accord.

Mais la maman de Juju s'assied à côté de Juju et lève les yeux vers le ciel nocturne :

– Toutes les deux, vous avez eu une journée fantastique, est-ce que je me trompe ?

Juju s'appuie contre le bras de sa mère :

– Demain, on construira un labo dans la chambre de Zoé.

– Vous allez faire ça pour de vrai ?

questionne la maman de Juju. Pour quoi faire ?

– Des potions, répond Zoé.

– Quelles sortes de potions ? demande la maman de Juju.

– Secrètes, dit Zoé.

Après un silence, la maman de Juju la met en garde :

– Pas d'allumettes. Pas de poison. Pas d'explosions. Pas de fumées dangereuses. Pas d'insectes lancés sur Ninon. Est-ce clair ?

Juju et Zoé se regardent, et lèvent les yeux au ciel.

– Mais ce n'était pas toi qui me répétais tout le temps de jouer avec elle ? lance Juju.

Ce n'était pas ton idée à toi, au départ ?

La maman de Juju leur sourit dans la nuit. De l'autre côté de la rue, la terrasse de la maison de Zoé s'éclaire, et sa maman apparaît. De loin, elle fait un signe de la main à Zoé :

– Il est temps de rentrer, ma chérie.

Elle descend l'escalier, traverse le rond-point et avance, éclairée par la lune.

Zoé se lève.

Juju fait de même.

– À demain.

– À demain.

Et, dans sa tête, Juju ajoute : « Et à après-demain aussi ».

Zoé part en tenant la main de sa mère. Au milieu de la rue, elle se retourne vers Juju et dit à voix haute :

– Et à après-demain aussi.

ZOé + JUJU

CHASSENT LE FANTÔME DE L'ÉCOLE

LIVRE 2

EN AVANT-PREMIÈRE, LES PROCHAINES AVENTURES DE JUJU + ZOÉ

Un, deux, trois, quatre, cinq, six, sept, huit, neuf, dix – vlan ! Juju s'étale dans l'herbe.

– Aïe ! s'écrie Zoé qui l'observe à travers un trou dans son pain de mie. Tu ne t'es pas fait mal ?

– Non. J'ai un peu la tête qui tourne, quand même, répond Juju.

Elle se redresse, s'assied par terre, mais le sol commence à tanguer. Oups ! Elle s'allonge de nouveau.

Emma s'est levée. Elle lève les bras, inspire un grand coup et s'élance pour faire la roue. Elle en enchaîne neuf de suite, avant de tomber sur la tête.

– Ça va ? lui demande Zoé, la bouche pleine de son sandwich.

– Couci-couça, répond Emma.

Maintenant, c'est le tour de Lili. Lili est la meilleure du club de gym, pour la roue bien sûr. Elle est capable d'en enchaîner douze de suite. En plus elle sait faire le pont. Aucune des autres n'y arrive. Lili tire sur son justaucorps rose à volants. Elle monte les mains au-dessus de sa tête et prend son élan pour faire la roue. Une, deux, trois, quatre, cinq, six, sept, huit, neuf, dix, onze, douze d'un coup ; et elle atterrit debout. Ensuite, elle se penche en arrière. Elle étire ses bras et exécute un pont parfait. On dirait une tasse de thé rose retournée. Puis elle se relève ; on dirait une poupée qui aurait des jambes élastiques.

– Ouahou ! s'exclame Zoé.

Juju saute sur ses pieds. Elle aussi doit pouvoir enchaîner douze roues à la suite.

– Reculez-vous ! prévient-elle.

– Attends, intervient Lili. C'est le tour de Zoé, non ? Tu n'allais pas faire une roue, Zoé ?

– Je surveille les manteaux, répond Zoé.

– Mais, Zoé, on est au club de gym, ici, insiste Lili. Tu n'es pas là pour surveiller les manteaux.

« Et pourquoi pas ? », se demande Zoé.

– On t'apprendra à les faire, si tu ne sais pas, intervient Emma.

– Elle sait faire, dit Juju. Je l'ai déjà vue.

Surprise, Zoé se tourne vers Juju. Pourquoi dit-elle ça ? Zoé n'a jamais fait de roue de sa vie. Lentement, Zoé pose son sandwich à côté de la veste d'Emma. Elle commence à dire :

– Il y a juste un petit souci...

– Hé, Léo, crie soudain Juju. Fais gaffe ! Si ce ballon me touche, tu vas avoir des ennuis !

Léo est le capitaine de l'équipe de foot junior

de l'école Lepic. Avant le lancement de leur club, le club de foot junior pouvait utiliser la totalité de la cour de récréation. Mais Juju, Emma, Lili et Zoé ont créé le club de gym ; au début, elles n'arrêtaient pas de recevoir des balles perdues. Une fois, Juju a reçu un ballon dans le ventre ; alors elle a déclaré la guerre aux footballeurs. Le lendemain, elle a apporté à l'école un sac de prunes bien mûres et a poursuivi Léo. Quand elle a fini par le rattraper, elle s'est assise à califourchon sur lui et a écrasé les prunes dans ses cheveux. Christelle, la surveillante, était furax. Elle a exigé que Juju et Léo fassent la paix, sinon ils seraient tous les deux interdits de cour de récréation.

Juju et Léo ont donc cherché la solution. La partie de la cour de récréation qui était la plus proche des salles de classe serait désormais réservée au club de gym. Les footballeurs devraient surveiller leurs tirs. Et Juju a promis de ne plus jamais apporter de prunes à l'école. La guerre était finie.

Mais, là, Léo a l'air furieux :

– Le ballon n'est pas du tout chez vous ! crie-t-il.

Il a raison. Le ballon est bien de l'autre côté de la cour, près de MacAdam, le garçon bizarre qui s'assoit sous les arbres et mange de la terre quand il croit que personne ne le voit.

– O.K., hurle Juju, qui se sent un peu bête.

En fait, elle a juste essayé d'aider Zoé.

– Bon, comme je le disais, je ne peux pas faire la roue tout de suite, reprend Zoé.

– Pourquoi ? demande Lili.

– Parce que… répond Zoé, il y a une urgence.

Elle montre quelque chose du doigt, loin devant elle. Emma, Lili et Juju suivent du regard la direction indiquée par Zoé, au-delà de la cour de récréation, vers les toilettes des filles. Celles qui sont juste à côté de leur salle de classe.